LES TRIOMPHES

DE

RACHEL A LYON,

ODE

Par Paul de Lombardy.

AVEC PORTRAIT.

LYON,

CHEZ LES PRINCIPAUX LIBRAIRES.

—

1843.

LES TRIOMPHES

DE

RACHEL A LYON.

ODE

Par Paul de Lombardy.

LYON,

IMPRIMERIE DE MARLE AÎNÉ, SUCCESSEUR DE DELEUZE,

RUE SAINT-DOMINIQUE, 13.

—

1843.

LES TRIOMPHES

DE

RACHEL A LYON.

ODE.

I.

Elle a paru! C'est elle, à son premier sourire
J'ai reconnu Rachel et le dieu qui l'inspire.
    Salut! fille des Romains!
    L'enthousiasme avec toi se révèle,
    Et cette foule qui t'appèle,
T'applaudit en battant des mains.
Salut! de ce beau jour la vive impatience
A préparé la joie, idole de la France.
Nous renaissons en toi d'un nouvel avenir;
Interprète des dieux, de nos gloires romaines,

Comme eux tu sais penser, exprimer et sentir.
    Les flots des passions hautaines,
    Sur tes traits viennent réfléchir.
    Des grandeurs, des beautés cachées
    De nos chefs-d'œuvre les plus beaux,
    Exhumant les nobles pensées,
    Tu les ravis à leurs tombeaux,
Pour renaître avec toi, pour briller de ta gloire,
    Dans cet âge qui te sourit.
Ah! qui pourrait jamais effacer leur mémoire
    Que fait revivre ton esprit!

II.

Oh ! dis-moi cet amour qui t'enflamme et t'agite,
Ce sentiment profond qui pénètre ton cœur,
Ce soupir qui s'échappe et ce sein qui palpite,
Sont-ils vrais, ô Rachel, en peignant le bonheur ?
Ou, pareille à ce marbre insensible et frivole,
Qui s'anime aux reflets d'un éclat mensonger,
Par de faux sentiments, par ta grande parole,
Par des prodiges faux, saurais-tu nous tromper ?
Non… tu nous apparus majestueuse et belle,
Ton esprit reculait vers un passé lointain,
Tu voyais les combats, la funeste querelle,
Des génereux fils d'Albe et du peuple Romain ;
La France n'était point ton berceau, ta patrie,
Son théâtre non plus imposteur, mensonger,
Tu vivais d'autres mœurs et pour une autre vie,
Ta grande âme, ô Rachel ! avait pu se tromper.

III.

LES HORACES.

J'ai suivi ton amour si grand, si magnanime,
Dans les cruels moments d'un affreux désespoir;
Je pleurais tes malheurs, noble et triste victime,
Qu'une vertu farouche immolait au devoir.
L'oracle cependant te rendait l'espérance,
Et la paix de l'hymen rallumait le flambeau,
Lorsque la haine aveugle excitant la vengeance,
Sous les fleurs de l'autel entr'ouvrit un tombeau.
Oh! combien tes tourments, tes larmes, ta prière,
Furent vrais! et pour toi quels pénibles efforts!
Ton amant, ton époux, menacé par ton frère,
Horace fratricide, hélas! partout des morts,
Partout le sang, le deuil; enfin ton heure arrive,
Sur toi vont s'accomplir d'exécrables fureurs.
Un rival triomphant t'apprend qu'Albe est captive,
On t'impose la joie, on te défend les pleurs.
Oh! quand tu maudis Rome, Horace et ta famille,
A l'imprécation j'ai reconnu Camille;
Quand un frère inhumain vient t'arracher le jour,
A ton dernier soupir j'ai reconnu l'amour.

IV.

ANDROMAQUE.

Dans ce temple des arts, sur l'autel du génie,
Un chef-d'œuvre de plus vient honorer nos murs,
Melpomène a paru, la Grèce rajeunie,
Par elle a retrouvé ses traits nobles et purs :
    C'est Hermione toute entière.
    Voyez cette princesse altière,
Pour venger son amour, suivre son désespoir,
Armer la main d'Oreste, et quand elle est vengée,
Maudire l'instrument de sa haine insensée.
    Son affreux désespoir,
Ses reproches amers, son mépris et sa rage,
M'ont fait frémir. A son râle sauvage,
J'ai cru le cri du tigre appelant ses petits,
Qu'un chasseur intrépide à leur grotte a ravis.

V.

CINNA.

Mais un nouveau soleil s'est levé pour ta gloire,
Deux triomphes n'étaient qu'une faible victoire,
Racine revivait, Corneille était jaloux.
   Cinna parut et la foule ravie,
     Pour t'applaudir, noble Emilie,
     N'a qu'une main, n'a qu'un transport;
     Dans son enthousiasme extrême,
     Elle crut te revoir encor
Pour te dire : O Rachel, je t'admire et je t'aime !
Le chant du grand poète a retrouvé la vie,
Ton laurier reverdit, ô Corneille, en ce jour;
Apparais, que ton ombre orgueilleuse et ravie,
A ce grand interprète applaudisse à son tour.

VI.

BAJAZET.

Pourquoi donc ces clameurs, cette bruyante ivresse,
Ce peuple délirant qui s'entasse et se presse,
  Où court-il et vers quel objet?
Est-il dans la cité quelque grande victoire,
Dont on veuille en ce jour éterniser la gloire?
  Rachel paraît dans Bajazet.
Rachel, ta gloire est grande et grande est ta puisance;
Mais il faut des talents que pleure encore la France;
Songe qu'un siècle au moins pèse sur le cercueil
Du grand homme qui seul les a sentis peut-être,
Ses vers par lui créés et que, sans les connaître,
Notre époque bâtarde oublie; à ce grand deuil,
Si tu sais arracher la scène abandonnée,
Au banquet de nos dieux je vois ton hyménée.
Poursuis; regarde au ciel, de cet astre au front d'or,
La lumière en tous lieux pénètre en souveraine,
Et si tu réussis, Rachel, plus grande encor,
Au Panthéon français je te proclame reine!
Silence, elle a parlé, c'est Racine, c'est lui,

C'est ainsi qu'il sentit, c'est ce qu'il voulut dire ;
Ce langage muet, ce geste, ce sourire !...
Mais quels sont tes secrets et quel est ton appui ?
Dans ces moments de délire, ton âme
Où va-t-elle puiser l'ardeur de cette flamme
Qui traduit la pensée et la peint sur tes traits ?
Car c'est peu de sentir, si la bouche est menteuse,
De la muse la plus heureuse
Les prestiges n'ont plus d'attraits.
Artiste de vingt ans, par toi la tragédie
Reparait comme aux jours de sa grande splendeur;
A nos auteurs sacrés ta bouche rend la vie;
Immortelle comme eux, tu vivras dans nos cœurs.

VII.

POLYEUCTE.

Dans un genre nouveau l'artiste a fait paraître
Des talents que le monde a peine à reconnaître ;
Regardez le soleil, il éblouit vos yeux ;
    Ainsi la gloire de Pauline
M'a fasciné , séduit ; sa parole divine
    Me transportait aux cieux !
Gloire à toi ! le génie alluma dans ton âme
Cet astre qui t'éclaire à son foyer sacré ;
Ce soleil qui t'inonde au reflet de sa flamme ,
C'est le phare du monde et par toi consacré.

VIII.

PHÈDRE.

Quel silence effrayant, que devons-nous attendre ?
Le salpêtre est couvert ! le feu dort sous la cendre ! !
Mais que vois-je ! Racine au Parnasse des cieux !
Son ombre va descendre à pas silencieux ;
Pour entendre applaudir sa Phèdre dans Trézène,
Il a cherché partout ; enfin, sur notre scène
Un cri se fait entendre ; il t'appelle, ô Rachel !
Interprète des dieux, vas monter à l'autel.
Pour un instant au moins, ne sois plus vertueuse ;
Qu'on lise sur tes traits : Phèdre l'incestueuse !
Imitant de Racine son antique incarné,
Tu verras ton public aussitôt prosterné.

> Oui, le génie est un mystère
> Dont tu perces la profondeur;
> De ses conseils, dépositaire,
> Tu connais le chemin du cœur.
> Dans la colère ou dans les larmes,
> Toujours belle de nouveaux charmes
> Et prodigue d'émotions,

Tu fais jaillir en traits de flammes
Du foyer brûlant de ton âme,
La tourmente des passions.
Faut-il que ta haine s'explique
Avec un mouvement hautain ,
Ta lèvre est cruelle , ironique ,
Inépuisable de dédain ;
De ton art tu te sens maîtresse ,
De la fureur à la tendresse
Tu reviens par enchantement.
C'est que ton âme noble et fière
Dans ta voix se peint tout entière ;
Ta parole est un sentiment ;
Mais ton plus saillant caractère
C'est la sainte inspiration ,
Source vive qui désaltère
Notre ardente admiration.
J'aime surtout ton énergie ,
Dont l'inimitable magie
Dévoile aux yeux le cœur humain ;
Tu sais ressusciter Corneille ,
Sa grandeur en toi se réveille
Au milieu d'un songe romain.
Quelle majesté dans tes poses !
Combien ton regard est profond ,
Il parle quand tu te reposes ,
De ton âme il fait voir le fond.
Alors d'une statue antique ,

Chef-d'œuvre exhumé de l'Attique,
Retraçant la taille et les traits,
Tu reposes notre pensée
Vers quelque puissance éclipsée
Qui te révèle ses secrets.
Parais, moderne Melpomène,
Ton port superbe a le pouvoir
De nous rajeunir sur la scène
Par ton aspect magique à voir.
Un monde entier, comme un seul homme
A cent bouches et mille mains,
T'applaudit en ranimant Rome,
Rome morte et ses fiers romains.
L'éloquence à l'éloge expire ;
Noble enfant ! du talent réel
Depuis qu'on a fondé l'empire,
Nous t'y voyons régner, Rachel.

L'humble et faible poëte en herbe,
Nourri d'amertume et de fiel,
Contemplant ta splendeur superbe
D'ici-bas t'aperçut au ciel.

P. DE L.

PORTRAIT DE RACHEL.

Dans les riches contours du plus parfait ovale ,
S'encadrent, expressifs , de son visage pâle ,
    Les traits nobles et gracieux.
Sous un arc incertain , sous sa longue paupière ,
Dans un fleuve d'azur , éclatant de lumière ,
Son œil scintille et luit comme l'étoile aux cieux ;
    Et sa taille svelte , arrondie ,
    Décèle un gracieux contour.
    Son front révèle le génie ;
    Son pied embellirait l'amour ;
    Ses longs cheveux , rameaux d'ébène ,
    Sur l'albâtre viennent flotter,

Ornant ses épaules de reine
Et que zéphir semble flatter.
Son sourire est du ciel , il révèle son âme ;
A son premier regard on pénètre son cœur ;
Plus mâle qu'une voix de femme ,
Sa voix fait rêver au bonheur ;
Tout en elle est riche et parfait ,
Grâces, talents, vertus, jeunesse.
Ah ! si l'Olympe revivait,
Rachel serait une déesse.